博凯文化 编著

U0095562

GLOBAL ARCHITECTURE

环球建筑设计
之旅

日本 · 韩国 · 尼泊尔

穿越世界各地建筑、设计、文化、艺术的一次行走

113处设计殿堂和艺术奇葩，1500张浓缩瞬间和心灵震撼

黄志达、赵西安、方峻、萧爱彬、张津樑、赵虹、陈志斌、

林英二、王传杰、夏克梁、刘卫军等一起分享设计与文化的碰撞

化学工业出版社
·北京·

图书在版编目（ＣＩＰ）数据

环球建筑设计之旅. 日本·韩国·尼泊尔/博凯文
化编著. —北京：化学工业出版社，2012.1
　　ISBN　978-7-122-12507-1

　Ⅰ. 环… Ⅱ. 博… Ⅲ. 建筑艺术-世界 Ⅳ. TU-
861

中国版本图书馆CIP数据核字(2011)第208069号

编　著：博凯文化　　　　　　　　　责任编辑：左晨燕
装帧设计：娟子

出版发行：化学工业出版社(北京市东城区青年湖南街13号　邮政编码100011)
印　　装：北京画中画印刷有限公司
889mm×1194mm　1/16　印张5　　2012年2月北京第1版第1次印刷

购书咨询：010-64518888 (传真：010-64519686)　　售后服务：010-64518899
网　　址：http://www.cip.com.cn
凡购买本书，如有缺损质量问题，本社销售中心负责调换。

定价：45.00元

前言

行者无疆

我这种随心所欲、随遇而安的个性其实早在二十多年前就留下了痕迹。记得在20世纪80年代中期我们的城市掀起了一股艺术风潮，受哥哥影响，他玩美术我玩摄影，初期拍照片纯属想用艺术来伪装自己，也正好找到了一个宣泄自己青春精力的出口。想当初用几乎一年的工资总和购买了一台凤凰205相机，然后和一帮所谓的摄影人成群结队地利用周日休息四处乱窜，在工厂、街道、农村甚至是矿山，端起相机没主题地就乱拍一通。几年拍照片下来，钱用了不少，胶卷一堆一堆的，有很多不注意保养的胶卷霉斑都长得和葱一样茂盛。拍完的照片没事干就开始玩技术暗房，那时候还真出来了几张自己感觉不错的照片，随大流也就胡乱地拿一些自我感觉比较好的照片去送一些展览，这种堆砌式的累积参展让我懵懵懂懂地还获得了许多奖项。但从今天来看，当时的这种无目的的行为很好笑也很幼稚。翻开历史中我自己的摄影作品，从人像、风光、静物、新闻到写实抽象基本什么类型的都有，完全没有自己个人的风格，没有自己的思想，绝对是一个看到什么就拍什么的照片机器。因为杂乱，所以无法归类，现在看自己历史中的照片才发现其实没有任何一件所谓的摄影作品是可以拿得出手的，也不知道就这水平当时怎么还可以参加摄影展览？还可以获奖？自个猜想也许那时候玩相机的人少，反正只要是照片送进来，就给你参展就给你奖项，这也许是当时评委们给一个未来艺术家的鼓励和肯定吧！

未来的艺术家没有做成，现在成了设计师！

虽然自己的摄影作品在当今也获得过一些国际性的奖项，也被拍卖行拍卖过，但我始终认为自己不是艺术家，我更愿意称自己是设计师！

近十年来，相机一直伴随着我游走世界各地，现在我所拍摄的照片基本以设计为主题，偶尔拍拍人像、拍拍风光。作为一个游走世界这么多年的设计师来说，多看世界建筑及各种风格的室内设计才是中国设计师成长的唯一出路，所谓的行千里路读万卷书也才可以真正造就一个才子设计师！

我在国外看到的第一个和现代设计相关的是闻名世界的米兰家具展，在展览中我才明白了什么叫设计，也知道了同为华夏儿女，但可以自由出入世界各地的港台设计师为啥比大陆设计师普遍技高一筹，原来世界给了他们真实的教材，风格迥异的室内设计才是他们的良师益友，世界在变设计师更应该随世界而变，只有多看多听多交流才可以和世界设计同步，作为一个世界经济发展最迅猛的国家，我们的设计师更应该走出国门，去领略更好的世界文明，感悟更多的时尚生活，以此为基础，中国的设计才可能在未来的世界设计界占有一席之地。

好在我们这些人已经开始走出去了，从本书中可以看到中国的设计师所拍摄的世界建筑、民族风情、人文生活。这些照片记录的已经不再单纯是一个旅游性的立正拍照了，更多体现的是设计师对世界文化的诠释，是对世界建筑及室内设计的理解。从一张张的照片中我们可以明显地感觉到设计师个性的张扬表现，书中的每一页作品都可以让我们感受到设计师镜头后的设计视觉。翻完本书，你会知道我们真的呼吁：走出去吧，中国的设计师们，只有这样你才可以真正了解什么叫现代设计，什么叫时尚生活，什么叫文化表现。所谓的行者无疆不仅仅是在思想上的，更多的是体现在我们的实际行动中，在此希望本书可以带给你世界，带给你激动，带给你走出去的冲动。我们用这本书来祝福中国设计，祝福所有的设计师朋友，祝福欣赏设计喜爱设计的朋友们，世界欢迎您！

萧爱华于2011.10

目 录 CONTENTS

"创造一个地上的天堂"——贝聿铭在美秀美术馆设计之初的理念。

美秀美术馆每一部分均体现了建筑家打破传统的创新风格，由外形崭新的铝质框架及玻璃天幕，再配上Magny Dori石灰石，及专门开发的染色混凝土等暖色物料，还有展览形式及存放装置，都充分表现出设计者匠心独运的智慧。

"君子万年，介尔景福"——韩国景福宫得名于中国古代《诗经》中的诗句。

景福宫是首尔规模最大、最古老的宫殿之一，与中国传统建筑相同，景福宫的设计采用了移步换景的方式，它的南面是正门光化门。光化门和勤政门之间是二层楼建筑兴礼门，"兴礼门一带"不仅是保卫国王的重要地带，而且还是设有军事部门的重要地区。

"中世纪尼泊尔艺术的精华和宝库。"——巴德岗杜巴广场被人们这样赞誉。

杜巴广场是巴克塔普尔最大的广场，四周全是形形色色的寺塔，令人应接不暇。这里有长达500年马拉王朝的王宫，包括许多各具艺术特色的宫殿、庭院、寺庙、雕像等，其中的金门和55窗宫，唯其精美的铜铸和木雕艺术而闻名，是罕见的艺术珍品。

Designed in the spirit "Going"

设计精神 "东渡"

——日本之行
>>>Japan Trip

刘卫军 | PINKI（品伊）创意机构创始人
深圳市品伊设计顾问有限公司董事、
总经理

黄金假日来临之际，我和几名设计师组团东渡到日本。作为中国人，日本是一个我很难用语言去形容的国家，刻在中国人民心中的历史伤痕是那么深刻。然而，半个世纪过去了，日本与中国两个具有不同民族特性的国家都在发生着不同的变化，不管是人民的精神面貌还是国家的经济发展状况。日本设计界近年来也备受国内外关注。我带着复杂的心情，来了解日本，开始我们东渡之行。

观摩商业空间

因为行程紧凑，我们主要锁定了大阪与东京两个城市，观摩了许多包括知名品牌酒店在内的诸多商业空间：如威斯汀酒店、Four Seasons Hotel、六本木凯悦饭店、东京涉谷CONRAD饭店、四季剧场、道顿掘美食街等。日本的发展速度是世人有目共睹的，无论是在经济发展方面，还是在对生态环境的保护方面，都是值得我们学习的。

参观美秀美术馆

让我感触最深的莫过于日本岐阜市信乐町自然公园的重山中,一座专门收藏各国古代美术作品和日本古代艺术品的美术馆——美秀美术馆。它被原始森林环抱,建筑与自然融合,十分和谐。它是华裔美国建筑大师贝聿铭先生1997年设计的,是贝聿铭先生在日本的一个非常优秀而伟大的建筑作品,它向我们展现的是这样一个理想的画面:一座山,一个谷,还有云雾中的一座建筑。许多中国古代的文学和绘画作品,都曾描述过这样的场景:走过一个长长的、弯弯的小路,到达一个山间的草堂,它隐在幽静中,只有瀑布声与之相伴……那便是远离人间的仙境。

据说当时不少投资者被这片原始森林的自然环境所吸引,认为在这儿建美术馆再理想不过了!但由于日本政府对国家级自然环境保护区的严格限制,使得一些投资者只好望景兴叹!贝聿铭先生初访信乐町时,也即刻被其秀丽的景色所吸引!兴建之初,便受到方方面面的严格限制,首先必须遵守有关的建筑法规和自然环境保护法,换句话说,就是建筑施工要以不破坏自然生态环境为前提,并尽可能地将自然环境保留和复原。贝先生利用对面山上现成的道路,开挖一条隧道,再造吊桥跨越山谷连接。建筑主体完成后将开挖的泥土回填,种植了原有的树种,最后露出地面的屋顶面积仅有2000平方米,80%在地下,这不但保护了周边的自然环境,也使其与周围的景色融为了一体。从外观上只能看到许多三角、棱形等玻璃的屋顶、其实那都是天窗,一旦进入内部,明亮舒展的空间超过人们的预想。从规划设计思想到建筑及室内完成,都令人感到一种光辉的精神。

从美秀美术馆出来,让我对生态环境与人类共存有了全新的定义,关注城市生态环境优化与保护,对于正在快速发展的中国来说是多么重要。日本国土虽小,但人民的生存欲望极强,他们创造未来的精神和自我保护的意识,已经渗透到了经济、科技、文化以及艺术领域,可以说,他们的发展是在理性状态下的可持续发展。

回国后，我不断思考着，在经济发展如此高速的时代，在人们拥有极大物质财富的时候，如果呼吸的空气是有害的，喝的水是有毒的，生活环境是被污染的，那我们还会拥有真正的幸福吗？作为一名专业设计师，我的责任是把我们的生活变得更加美好，让生活充满艺术气息和情调！我是在创造？还是在破坏？"发展与遗留"、"前锋与后备"、"开发与保护"、"利用与补充"，这一系列相关环保的问题是值得我们每一个人都深思的问题！保护环境，功在当代，泽及子孙，任重而道远。

刘卫军

推荐日本文化之旅 >>>

表参道之丘：位于日本东京原宿，是表参道的地标性建筑，是在"同润会青山公寓"旧址上所进行的都市再开发计划。设计师安藤忠雄独具匠心，使其与街道两旁种植的直挺而美丽的榉木交相辉映，美不胜收。馆内从地下3层到地上3层的6层中庭空间内，设有与表参道大街同样坡度的螺旋式回廊，各种世界顶级奢华品牌店、精选店、时尚电器店、香料店、销售日本酒等奢侈品的个性店分布有致。表参道之丘展示了来自世界各地的最新时尚和生活方式。

◆ 门票价格：免费
◆ 开放时间：11:00~21:00（星期日、法定假日11:00~20:00，部分店铺除外）
◆ 到达方式：乘东京地铁在表参道站A2口出步行2分钟或在明治神宫站5号口出步行3分钟即到

国立美术馆：是一座具有代表性的西洋美术展览设施。馆内收藏展示已故松芳幸次郎的作品集和大量的中世末期至20世纪的西洋美术作品约2200余件。其中包括罗丹、鲁本斯、莫那、雷诺阿、凡高、毕加索等著名近代欧洲画家的美术作品约200余件。除馆藏作品外，这里每年还经常举办各种专题展活动。美术馆的建筑雄伟壮观，别具一格，馆外的数尊雕塑，表现了西洋美术的造型美。

◆ 门票价格：成人420日元/人，大学生130日元/人，高中生70日元/人，
  20人以上团体8折优惠，不包含特别展门票
◆ 开放时间：9:30~17:30（周五延长至20点，周一和元旦休息）
◆ 到达方式：乘JR在上野站下车（公园口出口）步行1分钟，或乘京成电铁在上野站下车步行7分钟，或乘东京地铁银座线、日比谷线在上野站下车步行8分钟即可到达

美秀美术馆：是位于日本滋贺县甲贺市的私立美术馆。创办人为小山美秀子，美术馆由贝聿铭设计。馆藏包括日本、中国、南亚、中亚、西亚、埃及、希腊、罗马等古文明的艺术品。美秀美术馆别具一格之处，除了它远离都市之外，最特别的是建筑80%都埋藏在地下，但它并不是一座真正的地下建筑，而是由于地上是自然保护区，在日本的自然保护法上有很多限制而采取的将保护自然环境及与周围景色融为一体的建造方式。

◆ 门票价格：成人1000日元/人，高中/学院学生800日元/人，小学学生300日元/人
◆ 开放时间：10:00~17:00（周二至周五、周日）
◆ 到达方式：乘JR琵琶湖上线（或长滨米原）普通列车两站到JR石山站下车

Autumn found in Roppongi

发现六本木之秋

——东京记行
>>>Tokyo Kee

姚康荣 ｜ 杭州海天环境艺术设计有限公司
设计总监

在樱花盛开的季节，我们杭州设计师一行16人在Indesign总编王飞龙带团下，实现了安藤忠雄之旅，考察了日本大阪、京都、横滨、东京等大师们的一系列作品，以下就东京六本木的城市综合体作一简单回顾。

在东京寻找创意，实在太过容易。这座千万人口的大城，源源不断地流动出创意的源泉。六本木以设计艺术喂养着城市居民的同时，也激荡交织出智慧，擦亮这个城市品牌。

六本木之丘的开发成果，已成为都市发展计划的楷模。2003年，这座"披上盔甲的MURAI（日本武士）"拔地而起，其建筑立面展现了折抵艺术般的切面。这个距东京铁塔不远的日本新地标，改变了原六本木的文化风气，也提升了人们在此活动的层次，成为城中之城、文化新都。

功能的六本木

从功能活动的角度看六本木，六本木之丘确实完备地
补偿了一个小城市生活模式——一种认真发展的生活
空间。高场森美术馆、Virgin电影院、朝日电视台、书
店、餐厅、饭店、会所、住宅大楼。

康浣与24小时超市，全都集中在这近20公顷的地面
上，完全打造了一个功能齐全的社区空间，也圆了一
个告别异地通勤族的梦态。

设计云集的六本木

若从设计角度诠释，六本木之丘把国际当红的建筑室内设计和艺术界的大师都云集到此。

如设计一只母蜘蛛在都市到处爬的艺术家Louise Bourgeois，设计朝日电视台建筑的槙文彦，喜好有机弯曲的以色列工业设计师Ron Arad，实验风格的荷兰设计师Droog Design，伊车丰雄英式极简的Jasper Morrison，风格前卫的Karim Rashid，中国山水的蔡国强，玩科技的宫岛达易等大师作品充斥着六本木之丘的商店、公共艺术作品，让场所都充满设计趣味。

还有几位设计师各自设计了六本木公共家具，如内田繁、日比野克彦、伊车丰雄、吉冈德仁等等。大师妹岛和世与西泽立卫合作设计了SANAA及武松幸治设计餐厅。

知识不眠的六本木

"深夜、书店、音乐、咖啡香"是形容六本木之丘TSUTAYA TOKYUO ROPPONGI的店内气氛，这家店是结合书店、音乐CD、DVD与Starbuks Coffee的两层复合商店。店外摆了一张Ron Arad设计的"8"字形作品，店内则有不少边喝咖啡边翻阅杂志的夜猫族。大量的以艺术设计、旅游、时尚与生活风尚为主的书籍杂志在六本木里，沙发、展览柜、创意商品、书店与咖啡为六本木更添加一份文化气质。

艺术的六本木

52楼半空中美术馆——森美术馆MAM（Mori Art Museun）是一家当代美术馆，除了位置高得吓人外，举办的展览也是丰富多彩，都是重量级登场，并且，总会告诉我们现在世界正在流行的当代艺术风潮。

灵敏的策展嗅觉带来了新的展览气候，而展览的形式、设计美学也不断变化，展览内容像是一层一层地从日本出发、反思、再出发，横跨东西与古今般地向外扩散。

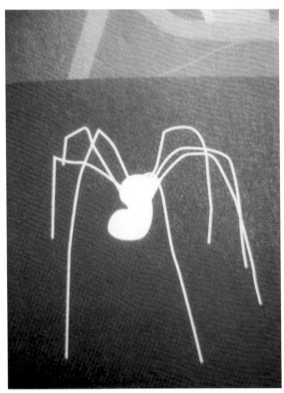

动态的六本木

东京国际影展的红地毯、朝日电视台旁的ARENA广场上的演唱会，毛利庭园春日樱花、冬季圣诞节点亮的雪景，都吸引着人们在不同的时节造访六本木之丘，就连宫岛达南的COUNTER VOID 数字墙面，在一天之内黑夜白天都会点亮不同区域，甚至吉冈德仁的玻璃椅子也会在两天消失……六本木之丘的风采总是那么清新，不断上演着"新剧目"，也散发着独特的魅力。

若问为什么要再去六本木之丘，我想屋顶的咖啡厅是一个不错理由。只要你到六本木，丰富多彩的六本木好菜就会一道道端出，让每次探访都充满着惊喜并值得一再期待。

姚康荣

推荐六本木文化之旅 >>>

森美术馆：是设置在六本木之丘主建筑森大厦52~53层(距地面约250米)的空中美术馆，不仅是日本国最高的美术馆，在目前世界的美术馆中也无先例。森美术馆拥有300平方米的展示空间，将致力对现代美术以及建筑、设计等领域的展示介绍。

◆ 门票价格：因展览内容而不同

◆ 开放时间：10:00~18:00（周二休息）

◆ 到达方式：乘地铁日比谷线，在六本木站下车徒步5分钟可到

中城大厦："中城大厦"（MidtownTower）是一座地下5层、地上54层的摩天大楼，高度为248米，超越了六本木新城森大厦和东京都厅舍成为东京都内最高的建筑物。和前两座建筑物不同的是，中城大厦没有设立展望台。大厦由SOM总体规划设计，日本建筑师安藤忠雄、隈研吾也参与其中的一些建筑的设计。东京中城内设有饭店、住宅、办公室、商业与文化空间、医院、公园等多种设施。主要的设施是位于中城大厦高层（45~63楼）的饭店"东京丽嘉酒店"（TheRitz-CarltonTokyo）和从别处搬迁进来的"三得利美术馆"。

◆ 建设面积：约569000平方米

◆ 开放时间：全天

◆ 到达方式：都营大江户线的六本木站8号出口直接抵达，从位于桧町公园旁的东京地下铁千代田线赤坂站开始，徒步10分钟后可抵达，东京地下铁南北线的六本木一丁目站1号出口徒步10分钟

六本木王子饭店：六本木王子饭店是王子饭店系列中的一间较小但是很有特色的饭店，位于东京都港区六本木闹市区，由日本著名建筑师黑川纪章设计。王子饭店不仅仅是一家饭店，更是一间城市沙龙，一块休养的绿洲。

◆ 人均消费：20000日元

◆ 开放时间：全天

◆ 到达方式：六本木一丁目站（东京地下铁南北线）

Simple and effective

简单有效

——记韩国民俗村
>>>Record the Korean Folk Village

韦林丨韩国拿撒勒大学中文系讲师

英伦才子阿兰德·波顿在《幸福的建筑》中曾说过，人们对于建筑的情感大抵源于对自身的确认。其实，我们关注的每一件物品：一朵小花的风姿、一张餐桌的质地、一个房间的色彩、一个建筑的设计……随处都有属于我们自身的确认，这是一种喜悦情感的印证，在印证中不断调整与完善，最终强化的幸福感。

美式田园风格的清新或欧式宫廷风格的富丽，都别有风致，或古朴或典雅，相辅相成，贴着属于欧洲人保持了多年的表情；而东方的神韵，原本并不复杂的美好，在漫长的历史浸淫中，积淀了岁月给予的底色，天圆地方的淳朴、粉墙黛瓦的清丽，不管在帝王将相的行宫别院，还是在普通百姓的门楣檐角，渗入骨髓般浑然天成地呈现。美则美矣，只是在步过千百年的时光后，那些附加的精细与机理，偶或让人感到有那么点沉重。而这，大约便是为什么当我第一次看到韩式传统建筑时，有些异样地感到了一缕清新。

韩式传统建筑

韩式传统建筑几乎是与中式传统建筑一脉相承的。由于长久的历史与政治的原因，韩国与中国不论在思想文化上，还是在饮食起居上，其实都是密切相关而近乎水乳交融的。所以大部分人，第一次来到韩国，除了感到语言上稍有障碍外，其他各方面感觉都会比去别的国家更加的亲近，而这种感觉，会随着接触的全面而愈加深刻。

而我得益于全球化与现代化的好处，在远离自己国土的国家生活，并不存在太大的问题；因民族性的不同，体现在细节中的差异自然是有的。而当我第一次去坐落在韩国忠清南道的巍岩民俗村游访时，所产生的亲切之感，几乎等同于回顾自己国家的历史。

巍岩民俗村

巍岩是整个被保护下来的村落，虽说是民俗村，但仍然有大量村民居住于其中。最古朴的木头瓦片、并不结实的草绳、石质的水槽……在对这些仅有的自然之物的利用中，呈现出的是勤勉、节俭而又淳朴的生活智慧。

简单吗？很简单：粗粝的树皮切割的瓦片，黑色或深褐色，是树皮自然的纹理，大自然的手笔；没有大理石的坚硬，亦无太湖石的玲珑，只是黑色的笨拙的石块，或者最普通的白色沙石，稍许加工为各种圆形，和着黄土粗线条的堆砌，不规则的几何形憨杰可掬；稻草是随处可见的，韩式房屋的一大特色便是大量的使用稻草，厚厚地铺在房顶，剪切整齐，像个冬帽。

有效吗？就像吃是为了生存，在生存的基础上稍许讲究，却绝不
奢侈浪费一样；住也是为了遮风避雨取暖，在此基础上，求其整
洁与功能，麻雀虽小的意思，确实没有高楼琼宇的庄严与沉重。

简单而有效，这就是最初的清新吧。所谓幸福，也或者正是在这
样的清新中滋养而洇染开来，自自然然的。

韦 林

推荐韩国文化之旅 >>>

青瓦台：青瓦台是韩国总统官邸，位于首尔市钟路区世宗路一号。韩国政治中心青瓦台最显著的特征就是它的青瓦，一到青瓦台首先看到的是主楼的青瓦。青瓦台主楼背靠北岳山，青瓦与曲线型的房顶相映成趣，非常漂亮。就像青瓦台代表韩国一样，青瓦和曲线型设计的房顶则代表着青瓦台。

◆ 门票价格：免费

◆ 开放时间：10:00~11:00、14:00~15:00（每周一、周六、周日及法定节假日不开放，每月第4个周六面向50人以下的个人及家庭游客）

◆ 到达方式：乘地铁3号线到景福宫站下，从4号出口出来，走10分钟即到，或乘162、272、406、704等路公交车在韩国日报社站下车或乘0015、0212、1012、1020等路在景福宫站下车

独立纪念馆：开放于1987年8月15日光复节的独立纪念馆室是陈列韩国独立运动及独立运动家相关资料的地方。纪念馆内建有曾设于中国上海和重庆的韩国历史政府厅舍和7个展示日占期到韩国临时政府成立间历史的展厅。此外，纪念馆内还设有9面屏幕环绕的立体剧院，更有多种露天的设施。

◆ 门票价格：成人2000韩元/人；军人、青少年（14~19岁）个人1100韩元/人；儿童（13岁以下）/军警700韩元/人；低于幼儿园年龄、国家或独立功勋者、敬老、残障人及1名陪同者免费

◆ 开放时间：夏季（3~10月）9:30~18:00，冬季（11月~次年2月）9:30~17:00。闭馆日为每周（若周一为公休日，则照常开放）

◆ 到达方式：天安高速（郊区）汽车站前乘坐320、350、380、381、390、410、420、540、570路汽车至独立纪念馆下

景福宫：是朝鲜李氏王朝时期韩国首尔（汉城）的五大宫之一，也是朝鲜王朝的正宫，它是朝鲜王朝的始祖——太祖李成桂于1395年将原来高丽的首都迁移时建造的新王朝的宫殿，具有500年历史，是首尔规模最大、最古老的宫殿之一，是韩国封建社会后期的政治中心。

◆ 门票价格：19岁以上3000韩元/人（20人以上的团体2400韩元/人），7~18岁1500韩元/人（10人以上团体1200韩元/人），7岁以下免费

◆ 开放时间：9:00~18:00（3~10月），9:00~17:00（11月~次年2月），9:00~19:00（周六、日及5~8月的法定假日），周二休息

◆ 到达方式：乘首尔地铁3号线在景福宫站下，出5号出口后步行5分钟即到，或乘首尔地铁5号线在光化门站下，出2号出口后步行5分钟即到。有多条公交车线路（0212、1020、602、9708等）可到景福宫

Seoul surprises

首尔的惊喜

——三清洞北村
>>>Samcheongdong Kitamura

鱼红珍 | 韩国首尔李家春中文文化院老师

首尔北村韩式传统民居位于景福宫和青瓦台的附近，一般的外国游客很少会来到这儿。北村在这繁华的都市之中，有别于高大耸立、玻璃闪闪的现代化建筑，而是将韩国的传统与现代文化相结合，充满韩式的浪漫与精致。街道两旁原本只是一栋栋普通的民居，这些民居基本上都是建于20世纪初的传统建筑，也有一部分是第二次世界大战后重建的，经过店家一番别出新意地装饰，每一栋都流露出别样的风情，或是咖啡店，或是餐馆，或是服装店。

韩式的传统建筑

韩式的传统建筑一般都比较低矮，究其原因，大致有二：一是高丽民族普遍个子矮小，二是韩国的冬天漫长、寒冷，房屋建得低矮，有利于保温。至今，市内一些早期建造的公寓层高仍然较矮。主体建筑低矮，围墙也就相应地要矮很多。好奇的人会问这么矮的围墙，怎么用于防盗呢？事实上，在韩国，偷盗的现象少之又少。韩国自古尊崇孔子，偷盗之事属最为低下之事。过去每家每户的门前院落都会放置大大小小的瓷坛子，这与韩国的泡菜文化有关。韩国人每食必上各式各样的泡菜，必喝大酱汤。一年中全家人所食用的泡菜都在过冬之前准备妥当，然后放置在大瓷罐中，埋于地下，让其在地下恒定的温度中发酵。当然，现在已经不采用这种方法了，而旧时大大小小的罐子，成了门前的摆饰，或是种上各种各样的花草，装饰门楣。从这点可以看出，韩国人的怀旧情结，还有就是泡菜在韩国民众心中的地位是何等重要。韩国旧式的房屋也讲究四平八稳，并且与地面离开一段的距离，这是为了防潮和烧地暖。主体的支架都是采用又粗又结实的上等木材，墙体则根据年代的不同，人民各有喜好，既有最传统的黄木白墙，也有红砖墙的。一般来说，20世纪60~70年代多采用红色砖体墙，结合院落中四季常青的高大红松，秋季极致辉煌的银杏和绚烂如火般的枫树，高低错落有致，白墙黑瓦中呈现五彩斑斓。

新设计独具个性

走在三清洞的街道上，有不少建筑经过主人的特意装饰后，根本看不出它原先的模样。刷上彩漆，挂上布帘及生活中的各式用具，再配上各式的扶梯和花草，让我不禁驻足观赏。在阳光明媚的日子里，透过明净的玻璃窗，飘来阵阵咖啡香气。

位于三清路130号，有一家名叫"枫树之家"的餐馆，不知房屋的设计出自哪位高人，实在是出人意料、独具个性。原本最无味的围墙，设计师却能够结合环保理念，创意地将废弃的小石块和铁丝网组合起来，而个用任何的化工胶黏剂。在铁丝网上挂上怀旧的信箱，更增添了一份生活的灵动。

走走停停之间，总会发现惊喜呈现在你的眼前。

鱼红珍

推荐首尔文化之旅 >>>

三清洞：这个旧区将传统与新潮配合得宜，北村的传统韩屋是一派韩式古老味道，走不多远便满街个性小店、极具格调的餐厅及展览馆，最重要的是这里少了一点游客味，多了一份地道情怀。漫步其中，你会有走进古代的感觉。印着"囍囍"字的街灯及木门上的铜器装饰，到处隐藏着古老气味。

◆ 门票价格：免费
◆ 开放时间：全天
◆ 到达方式：首尔地铁3号线景福宫站5号口出，过光化门，沿景福宫墙边跑走，可以看到三清洞路的始发地点，地铁出口到三清洞路始发处徒步需要10~15分钟

光化门：是韩国人心目中的"国门"，两度被毁，三度重建。作为始建于1395年朝鲜李氏王朝太祖时期的王宫——景福宫的正门，光化门取"光照四方，教化四方"的寓意。光化门原本是石筑基坛上的木结构建筑，因其精巧的工艺、巧妙的结构及壮丽的外观被认为是韩国历史上最伟大的门楼建筑之一，位居韩国五大宫门之首。

◆ 门票价格：19岁以上3000韩元/人（20人以上的团体2400韩元/人），7~18岁1500韩元/人（10人以上团体1200韩元/人），7岁以下免费
◆ 开放时间：9:00~18:00（3~10月），9:00~17:00（11月~次年2月），9:00~19:00（周六、日及5~8月的法定假日），周二休息
◆ 到达方式：乘首尔地铁3号线在景福宫站下，出5号出口后步行5分钟即到，或乘首尔地铁5号线在光化门站下，出2号出口后步行5分钟即到

仁寺洞：位于韩国首尔的城市中心，是一个难得的空间，这里流通着古老而富有珍贵传统的物品。仁寺洞以大道为中心，两侧分布着许多胡同，形似迷宫。在这迷宫中密集了画廊、传统工艺店、古代美术店、传统茶店、传统饮食店、咖啡馆等。仁寺洞的店户更是各有独到之处，年轻人和中年人都十分喜爱。其中画廊是延续仁寺洞命脉的中心。这里聚集着100多家画廊，游客可以在此欣赏韩国画、板画、雕刻等各种展览。有代表性的有曾经是民间美术中心的学古斋、有才华画家们的基地Gana画廊、Gannart中心等。

◆ 门票价格：视具体情况而定
◆ 开放时间：视具体情况而定
◆ 到达方式：乘汉城地铁1号线在钟阁站下车步行5分钟，或乘汉城地铁1号线在钟路3街站下车步行5分钟，或乘汉城地铁3号线在安国站下车步行5分钟均可到达

Urban streams

城市中的小溪
——首尔清溪川
>>>Seoul Cheonggyecheon

林英二｜上海高狄室内设计工程有限公司设计总监

2010年夏日去了首尔一趟，主要目的是想看看清溪川这个近年来闻名国际的都市更新计划，一个有魄力的市政建设，克服了许多困难与争议。它最重要的意义是国民意识的觉醒，是国民对都市空间美学和环境生态的共同需求与意愿，也最终成就了当时市长李明博的政绩进而入主青瓦台。

清溪川的变化

清溪川于20世纪60年代在脏乱河道上加盖，70年代初又完成了高架道路建设而成为首尔的都市交通动脉，到了2003年，在环保议题的催生中，终于开始了重新开挖引流的恢复建设，使原来回填加盖上有高架路的开川（旧名）重现天日，延绵5.8公里的建设长度，实际有3公里是处于闹区之中，现已成为首尔市民休闲的好去处，并为之骄傲，到目前已吸引了近2亿人的游客记录。

这个处处有景的路段，沿着河道行走会看到墙上布满各种雕塑、绘画和装置艺术。到了夜间更有激光表演和变化灯光的水景涌泉、瀑帘等。两岸之间或有相通之处，有石块式的过水，有平面现代式的桥道，上方横跨清溪川的都市道路桥梁则共有14座，每座造型各异。

美不胜收的清溪川

我采取了步行的游憩方式来感受，并由下午四时许到夜间来感受不同时段的效果，从东大门购物街区走下阶梯进入河道往西行，沿河道两侧墙面的景观墙艺术作品可谓处处有景、美不胜收，由于水的流动与景观设计共构的各种可能性在此得到完整的发挥，在白天有绿色植物及各种景观人造物的艺术创意设计，到了夜间，各种灯光更令人惊艳目眩，从彩色的幻影投光图案到激光立体动态媒体声光表演，目不暇接。

清溪川的计划让都市人们为自己争回与自然溪水的接触机会，沿线都市空间因此得以降温3℃，更是对微气候改善的佳例，或许人们更可省思，环境与地球的保护议题，虽然花费不赀，可是如此换来的观光文化、环境保护等收益，却远非金钱可衡量。

市政建设的规划与设计，除了实用有效的需求之外，还要能兼顾其他效益；在清溪川，我看到了艺术系学生的作品展，看到了艺术家的作品，更有许多市民利用这个热岛效应的城市中的一股清流来散步、游憩、泡水，更看到了许多各国观光客如我前去朝圣观摩，总之清溪川是一个值得大家学习和深思的环境改造计划，动机、执行和成效都值得效仿。

我国从20世纪90年代流行的都市步行街到近年来的"新天地"式商业地产开发，似乎多有商业的包装，少有艺术人文的气息，另外如老厂区工业建筑改造为创意产业园的泛滥，也值得再思考。许多事是不能只以商业价值考量的，事情往往就不往你想的那里去，因为人们的行为模式虽然可以导引，但那心中精神层次和与大自然互动的需求却不可被忽视。

林英二

推荐首尔文化之旅 >>>

仁川机场：坐落在韩国著名的海滨度假城市仁川西部的永宗岛上。距离汉城市52公里，离仁川海岸15公里。周围无噪声源影响，自然条件优越，绿化率30%以上，环境优美舒适，加上其整体设计、规划和工程都本着环保的宗旨，亦被誉为"绿色机场"。

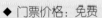

- ◆ 门票价格：免费
- ◆ 开放时间：全天
- ◆ 到达方式：首尔市区搭机场巴士约50分钟可达

东大门：是首尔市区的购物商业中心，附近有许多服饰百货大楼，销售较为多样而价位不是很高的货品，因为临近古代汉城东门而称之。清溪川也经过这个区域，早期是传统百货市场发展而成，经由各处阶梯可步行走下景观优美的清溪川。最近正进行一个很大的公共工程——首尔艺术创意中心，整个基地就在原东大门广场的旧址。

- ◆ 门票价格：免费
- ◆ 开放时间：全天
- ◆ 到达方式：乘地铁2号线东大门体育场站1号出口步行15分钟，或乘地铁4号线
    东大门体育场站4号出口步行5分钟均可到达

明洞天主教堂：建于1898年的明洞天主教堂是韩国天主教的中心，也是韩国历史悠久的西洋建筑之一，因而被定为历史遗迹。哥特式建筑的主教馆全部用石砖建成，45米的尖塔高耸入云，其雄伟的西洋古典美和庄严的内部装饰驰名海外。此外，还有安放信徒尸体的庙舍和一个地下小教堂。每年圣诞夜都举行子夜弥撒仪式，点缀教堂的霓虹灯火，神秘而美丽，蔚为奇观。

- ◆ 门票价格：免费
- ◆ 开放时间：9:00~21:00
- ◆ 到达方式：乘地铁2号线到乙支路站下走5号出口，或地铁4号线到明洞站下走8号
    出口，然后再走10分钟即可到达

Art Tour

艺术之旅

—— 尼泊尔印象
>>> The impression of Nepal

夏克梁｜中国美术学院艺术设计职业技术学院副院长

尼泊尔是个古老而神秘的国家，原始、宗教、高山等无不给人以神秘和向往之情。

2010年5月，我们一行7人到达尼泊尔的首都加德满都已是当地时间晚上11点多，简陋的机场大厅是我对尼泊尔的第一个直观的印象。朴实的红砖建筑，不高，如果不是墙壁上镶嵌着有民族特色纹案的木雕和一些印有阿拉伯文字的挂旗，很像是国内某个热闹的长途车站。

从机场到宾馆的路途不算遥远，汽车行驶在狭小而带有凹凸不平的"机场大道"上，昏暗的灯光下依稀可见路边规划无序的民居建筑。半小时后，汽车驶进了一条不足两米宽的小弄里，纳闷中听到有人说宾馆到了。此时才发现弄堂尽头是一个较为宽敞的大院，尽管是深夜，但还能够感觉到入住的宾馆环境优美与安静，这也是我们在加德满都的歇脚处。

此次尼泊尔之行可谓是艺术之旅，同行中有来自北京、上海、浙江、广东、江西等地的画家，我们想通过手中的画笔揭开尼泊尔迷人的民族风情及风景建筑那神秘的面纱，以此介绍给喜欢尼泊尔的人们。

古老建筑的露天博物馆——加德满都

强烈的阳光，清新的空气，深蓝的天空，纯白如雪的浮云，迎来了我们在尼泊尔的第一天。在加德满都见不到都市的高楼大厦，假如你从天而降在加德满都城市的某一个角落，根本感觉不到这是某一个国家的首都。这里的城市建设还不如国内的一般县城，到处都是低矮和破旧的建筑以及破损的道路。

在加德满都最主要和最值得看的是皇宫和庙宇建筑。在加德满都谷地里，有3座彼此相连的城市，加德满都、巴德冈和帕坦。这3座城市中各自拥有一座完整的王宫广场，每个广场周围都错落有致地散落着别致的富于变化的殿宇。漫步其中，仿佛置身于由宫殿、宝塔、庙宇、寺院等组成的丛林中，这里真可谓是古老建筑的"露天博物馆"。

在这个露天博物馆中，最宏伟的建筑自然是宫殿建筑。尼泊尔的古代建筑除了独特的外观造型外，其门窗、廊柱和廊间拱顶都雕刻着细密的花纹鸟兽或神像，有木雕的、铜制的和石刻的。这些雕刻做工灵巧透剔，别具一格，有很高的艺术价值。其高超、精湛的建筑艺术犹如一件件雕刻精美的艺术品，被视为尼泊尔的骄傲，是世界文明的杰作。当年，这些精美独特的建筑不知耗费尼泊尔人民多少财富和能工巧匠的心力，它是尼泊尔建筑奇迹和历史文化的集中展现，是尼泊尔文化、艺术精华的缩影，是尼泊尔人民的智慧结晶。

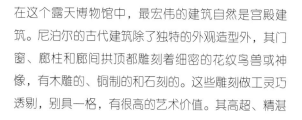

昔日的宫殿如今已成为游人参观的博物馆，而宝塔、庙宇则一直沿用至今，虔诚的信徒穿梭于其中。顽皮的小孩在古老的建筑上戏耍，几百年的古建筑对于尼泊尔人来讲似乎并不觉得有多么的珍贵，也许是加德满都谷地内拥有太多古建筑的原因吧。这是集庄严神秘、浪漫优雅于一身的建筑群。我坐在广场的台阶上，跟着加德满都人的生活节奏，一边自在地描绘着眼前古老的建筑群，一边看四周慢慢走过的闲人。成群的鸽子从面前飞过，牛在这里悠闲地散着步，皇宫的影子在一寸一寸地拉长，时光就这样静静地流逝着。古老灿烂的建筑艺术就这样自然而然地融汇在老百姓现实生活的熙熙攘攘之中。

在每一座皇宫广场周围都分布着无数条街道和小巷，步入其中，就像走进时光隧道，沿着它可以直通尼泊尔历史深处。在此仍旧可以看到许多能工巧匠，他们传承前人的技艺，在他们的手下，一件件木头、石头、铜片变得栩栩如生，情趣盎然。

穿梭在尼泊尔的大街小巷，不难发现这里的庙宇到处可见，尼泊尔流传着"房屋有多少，庙宇就有多少"的说法。尼泊尔是世界上唯一以印度教为国教的国家，全国90％以上的人信奉印度教，同时也有部分人信奉佛教。在众多的庙宇中，最值得一说的是印度教的神庙（PASHUPATINATH）和佛教的猴庙。

在当地尼泊尔朋友的陪同下，我们横穿加德满都城，
来到郊外的神庙。顺着一条浑浊的河流和刺鼻的焦味
走去，呈现在眼前的是一股股的浓烟。随着距离的靠
近，我们看清了这浓烟是从神庙前面的一个个排列有
序的平台上的篝火传来的。哇！难道这就是传说中印
度教徒的火葬仪式？顿时令人汗毛直竖。

神庙双层金顶，银制的门窗，很是庄严和神秘（神庙只允许印度教徒进入）。从神庙对岸的小山上隔河相望，神庙一览无遗地尽显眼底。这是一组气势雄伟的寺庙建筑群，它让我感到震撼和激动，更激发了我迅速将其记录下来的欲望。此时我已忘记这特殊的环境，迫不及待地拿出画笔开始描绘。

随着时间的推移，伴着浓烟时时传来的是一阵阵难闻的怪味。在观察景致的过程中，无意间看到印度教徒的葬礼结束后，死者家属将灰烬推到河里，随水漂流而逝（其实这条河流现在已近干枯，基本上已成为一潭不流动的死水）。众多的教徒在河中洗脚和洗脸，还有的教徒脱尽衣服赤身裸体地跳进河中，更有甚者，以河中的水来漱口。他们视其为圣水，以此来净化他们的心灵。此时的我再也无法忍受眼前的一幕，感到后背一阵阵发凉，全身发麻，赶紧草草收笔，迅速离开。

在加德满都，眼前时常会闪过一双震撼心灵的大眼睛，它会出现在众多图片、画册、装饰品中。那就是猴庙中央圆佛塔上那双俯瞰整个加德满都山谷的大眼睛，也成为尼泊尔的象征之一。

清晨我们来到猴山（因山上有不少野生的猴子而得名）脚下，这里早已聚集了朝拜的信奉者，这是佛教徒的一个重要朝圣地。我们跟随着信徒们拾阶而上，山并不算高，但对于平时缺少锻炼的我也算是一种考验和挑战，所幸的是路边到处可见嬉戏的猴子使我忘记什么是疲倦。越接近山的顶部台阶越是陡峭，近顶峰，猛然间抬头仰望，一双硕大的眼睛与我的目光相撞，整个心灵都为之震撼。那是一双仿佛看到我心里的眼睛，能看清人间善恶的智慧之眼。

在加德满都，处处感觉到建筑、宗教和世俗生活水乳交融。这些建筑能与民族、宗教完美结合，为这个古老的国度增添了独特而浓厚的文化艺术气氛，也使得尼泊尔的建筑能够在当今世界各地还保留的古建筑中保持自己独有的民族特色，在世界建筑史上占有一席之地。

自然秀美的世外桃源——博卡拉

尼泊尔坐落在喜马拉雅山南麓，是世界上著名的山国，国内拥有8座8千米以上的高山，高山常年积雪，自然山色秀美。来到尼泊尔，一定要亲眼目睹那奇妙之极的雄伟雪山。

离加德满都100多公里的旅游城镇博卡拉，是欣赏自然风光和雪山的极佳地。到博卡拉我们选择乘坐汽车，这样一路上除了可以观赏沿途的风光外，还可以停驻在一些小村落写生考察并了解当地的民风民俗。由于中途的停留画画，我们到达博卡拉时已经是晚上10点左右。这是个袖珍小城，从外围看，难以看到稍高的建筑，除了一些两三层的楼房外，大部分是平房。汽车驶进了一个并不起眼的旅馆入口，院内是一个花园别墅式的宾馆，这让我们感到意外和惊喜。

博卡拉清晨的空气特别清新和透明，雪峰在初夏的阳光照耀下显得格外耀眼，通体透亮，浑似一块硕大洁白的璞玉。昨晚那单调平乏的博卡拉早已不复存在，迎来的是到处的绿树、芳草和鲜花，还有那别墅式的民房阳台上长满了青藤和吊篮，显得非常雅致。

在博卡拉除了看著名的群山雪峰之外，还有一个游人必到之处便是费瓦湖。费瓦湖处在博卡拉小城的南面，湖面呈狭长形，南边是植满绿树的山岭，北面就是那无时不在的雪山。雪峰在蔚蓝的天空和几缕白云的衬托下，连同湖面上色彩鲜艳的木舟，倒影于平静的湖面中。雪峰、蓝天、白云、湖水、木舟等形成一种和谐组合，把大自然的美发挥到了极致，构成一幅奇妙无比的画卷。费瓦湖的湖水清澈蔚蓝，浑然一体，像块蓝色的宝石镶嵌在这小城当中。我们雇船划到湖中，任船随意荡漾，贪婪地品味这远离尘器的宁静，有一种与世无争的感觉。看着眼前的雪峰，感触湖面清凉的气息，欣赏着湖中倒影，整个世界好像停滞凝固了……

费瓦湖的周边到处是风格各异的客栈、酒店和咖啡馆，游客们散落在凉棚下的咖啡桌前，悠闲地品着热腾腾的咖啡，翻阅着旅游杂志或下棋、聊天……这里是一个吸引着世界各地游客的旅游胜地，同时也能感觉到这里的人们生活非常悠闲、祥和自在。不由地我也停下脚步，坐在路边的小咖啡馆里，一边用画笔记录着博卡拉这个休闲的天堂，一边享受着娴雅幽静。博卡拉仿如一个避世的天堂，人间的世外桃源。

净化心灵的佛教圣地——兰毗尼

离开博卡拉，我们带着一颗虔诚的心前往佛祖诞生地
也是著名的佛教圣地兰毗尼。汽车在蜿蜒的山路上
顺势而下，气温一度度地在增高。为了最大程度地利
用在异国的几天时间，我们尽量白天写生画画，晚上
赶路。到达兰毗尼又是一个深夜，敲开事先联系好的
宾馆大门，踏入宾馆的大堂，穿过走廊及房间等角角
落落，无不感受到佛教圣地的气氛。兰毗尼是佛祖释
迦牟尼出生的地方，是世界各地佛教徒渴望朝拜的圣
地，也是当代佛教复兴的基地。几千年来，兰毗尼一
直吸引着尼泊尔和世界各地的佛教徒，至今每年仍有
成千上万的人长途跋涉，来到这里寻觅佛迹和参谒佛
祖降生地。

清晨从闷热中惊醒，5月兰毗尼的气温已让我无法忍受，这里离印度只有20公里，据说夏季的最高气温近达50℃。

兰毗尼是个不大的村庄，风光自然秀丽，绿树成荫，强烈的阳光让我无法在太阳底下暴晒几分钟。匆忙踏上一辆三轮车后，车夫将我们送到了一个空阔的"花园"，估计这里便是释迦牟尼的出生地。因时间过于久远，空阔的"花园"里只剩些残存的柱基、一个规整的方形池塘和一幢外观红色的建筑。脱鞋走进室内，这里展示的是建筑的遗址，四周的廊道连接的是中间一个较为突兀的土堆，土堆中有一片金光闪闪的砖墙特别耀眼，虔诚的佛教徒们走到这里，都会用双手抚摸"金墙"，以此感悟佛法，净化心灵。

走出遗址博物馆，来到池塘旁边茂盛的菩提树下，这里宁静祥和，是净化心灵之地，它能让心灵变得平湖般空灵澄净，使人们的身心得到解放和超脱，忘却尘世间的烦恼和忧愁。

Nepal Handicraft
尼泊尔手工艺品

尽显异域之风情
Filling of the Alien style

尼泊尔是个古老而神秘的国家。原始宗教、自然山水等，无不给人以神秘和向往之情。它是一个内陆国，坐落在世界屋脊喜马拉雅山的南麓，自古就有"山国"之称。因历史、地理和政治等因素，尼泊尔的经济产业主要以农业和手工业为主。国土面积147181平方公里，却有着三十多个民族，是个多民族国家，具有悠久灿烂的民族工艺文化。

进入尼泊尔的古城，除了到处是寺庙、宫殿建筑的精美雕刻外，还可看到种类繁多的、与生活息息相关的、纯手工制作的生活用品和装饰用品。这些传统的手工艺品，往往以精美的花纹作装饰，具有非常独特的工艺、式样及款式，并带有强烈的民俗风格，充分展现了异域的民族风情，充满梦幻的色彩吸引着游人的眼球。尼泊尔因此被称为"手工艺品之都"。更重要的是，这些手工艺品与民族、宗教完美结合，为这个古老的国度增添了独特而浓厚的文化艺术气氛，也使得尼泊尔手工艺品能够在当今工业产品盛行的消费潮流中保持自己独有的民族特色。

一、具有神秘的宗教色彩

民族文化是民族工艺制品的灵魂，是民族审美的物质体现，没有文化含量的工艺品是缺少品位和没有生命力的。尼泊尔具有悠久的历史，是一个宗教气息非常浓厚的国家，也是世界上唯一以印度教为国教的国家，宗教文化神秘而斑斓。其国内有90％的人口信奉印度教，其次是藏传佛教，各自都具有十分鲜明的宗教文化特征。在尼泊尔，不难发现琳琅满目的宗教用品同时也成了旅游产品，如大量的铜像、唐卡、木雕等都展示了宗教手颗，使商品蒙上了一层神秘的宗教色彩。

尼泊尔流传着"房屋有多少，庙宇就有多少，人有多少，神就有多少"的说法。在众多的庙宇及住宅中，都供奉着大小不等、神态各异的各类神像。这些神像绝大部分是用铜制作的，像的形态深受印度传统文化的影响，也反映了尼泊尔民族的审美倾向性。而制作工艺都是祖辈通过千年传承，从制模具、做模范，到浇铸成型、焊接、打磨、抛光、做旧等工艺流程，完全保持传统手工艺操作。尼泊尔金属工匠们的工艺水平相当高，在加德满都、帕坦和巴德冈古皇宫广场上，高大立柱上雄伟的女神像，斯瓦扬布寺的两个优美的度母等，都是铜像雕塑的代表作。

悬挂于藏传佛教寺院大殿列柱上和藏民家中经堂的唐卡，是特有的佛教卷轴画，是藏传佛教最具代表性的艺术门类之一。唐卡画分绘制和刺绣两种。绘制唐卡的颜料以矿物、植物颜料为主，也有的用纯金和纯银加工制成，更有甚者用各类珠宝研磨绘制。唐卡的尺寸大小不等，小型的只有数寸大小，大型的则有丈余长。唐卡多以藏传佛教的宗教信仰为内容，或是以歌颂神祗为题材，表现各种神佛、菩萨和佛经故事等，画面形象逼真、色彩艳丽、笔法细腻，带有浓郁的宗教色彩以及独特的艺术风格，具有较高的艺术价值，历来被人们视为艺术之珍宝。因尼泊尔有一大部分人信奉藏传佛教，所以唐卡在尼泊尔也是到处可见。随着尼泊尔旅游业的逐渐发展，原本用于宣传宗教教义和装饰寺庙佛堂以及信徒积累善业、功德的唐卡，也逐渐成了旅游商品。

木制的雕刻在尼泊尔的手工艺品中最为常见。内容涉及庙宇等建筑中的构件、神像、祭祀及庆典活动中的面具以及民族乐器等。庙宇建筑的木雕雕工精细，内容体现了印度教的多神崇拜和生殖崇拜等特点，也反映了宗教与世俗生活的密切关系。尼泊尔是个信仰印度教且又是多民族的国家，每年有很多宗教信仰和祭祀活动。活动中所用到的面具多以木材质雕刻而成，镶以银饰或彩绘。以印度教神祇作为造型，虽相貌狰狞，却是神的化身。民族歌舞也是民族文化的体现，尼泊尔的民族歌舞中，较为常见的民族乐器是四弦琴。四弦琴以四根弦著称，琴身采用全实木材质雕刻而成，琴背部的雕刻像是神，尖端如寺庙的屋顶，独具异域风味。

宗教与文化艺术以及人的生活从来都是密切相关的。从众多制作精美的铜像、唐卡、建筑构件、面具等宗教用品中，可反映出泊尔人对宗教的信仰，对神的敬畏与虔诚。从四弦琴等艺术及生活娱乐的用品中，也反映了尼泊尔人宗教生活的日常化，使平民的生活更具有神秘的宗教色彩。

二、富有浓郁的民族情调

尼泊尔是个多民族国家，手工艺品是民族文化长期沉淀的体现。有些手工艺品除了独特的工艺、式样之外，还具有非常浓郁的民族色彩，地域特征十分明显。在服饰、挂毯、工艺包、首饰及首饰盒等手工艺品中有充分体现。

因宗教、地理位置等关系，尼泊尔的服饰接近于印度的传统服饰。最具代表的为"纱丽"。"纱丽"除了采用纯天然的染料染制成璀璨的色彩外，还在其长达5.5米的细腻天然真丝面料上，往往用全手工织绣有色彩绚丽的小镜片、五彩亮片、流光镜片以及五彩珠和斑斓丝线等。其次比较常见的是"旁遮比"，由衣、裤、围巾组成的印度服饰套装，在天然真丝面料上，用手工织绣图案，其精细的绣工、艳丽和谐的色彩搭配也堪称一绝。尼泊尔的服饰因色彩艳丽、穿着方式独特优雅而具有难以抗拒的神秘美感，也体现了尼泊尔浓浓的异国民族情调，令人神往。

尼泊尔手工艺包以其精美的手工工艺闻名于世。除了色彩的运用极具民族特色外，还在包的正反面方寸之间，用串珠、金丝等亮片缀以极具民族特点的繁复纹样，在阳光或灯光的照射下，灿烂夺目。每一件制成品，从色彩、手工到样式，都是独一无二的。

尼泊尔是一个山地国家，八千米以上的高峰就有八座。有些民族就居住在三四千米以上的高原上，挂毯便是高寒牧区不可缺少的生活用品。挂毯均以传统的民族纹样为表现内容，色彩艳丽，对比强烈。并融合了藏传佛教、印度教的艺术精华，与当地民族建筑彩画的艺术风格十分相像，具有浓厚的尼泊尔风格。制作则全部采用手工编织，有些普通大小规格的挂毯，耗时需要数月，有的甚至长达一年，让人不得不佩服其工艺之精细，用心之专注。

尼泊尔的首饰除了以金、银为材质外，更多的是以天然的珍珠、水晶、黄玉、蓝宝石、月光石、青金石、翡翠、珊瑚、玛瑙等作为材料，经过手工制作加工，使其成为一件件极具民族特色的装饰挂件。而存放首饰的盒子，无论是木质雕刻、彩绘或其他材料和工艺，其表面的纹样或色彩，也都极具民族性。有的绘有花草纹样，有的则刻有动物人物。雕刻或描绘得非常精细，体现了尼泊尔特有的民族情调。首饰盒除了存放珍贵的珠宝之外，其本身也是具有较高艺术价值的装饰品。

三、含有独特的装饰意味

手工艺品与人们物质生活、生产劳动等息息相关。尼泊尔的生活用品中的金属用品及纸制品也是极具特点的。不论是金属制品上雕印的纹饰，还是纸制品上描绘的图案，都具有独特的装饰意味。

生活用品中的果盘、茶壶、水龙头、门把手、烛台等，大多以黄铜、紫铜、银、合金等金属为材料。根据宗教信仰特点，动物是崇拜的神，所以在这些生活用具上，常雕以不同造型的动物，并饰以繁密的卷草纹饰。这些用品都是纯手工制作，采用翻模、敲打、焊接、打磨、抛光、雕刻、錾刻等方法完成。做工精细，造型美观，独具匠心。锤印、花纹的装饰气息具有浓郁的尼泊尔民族特点。表面上的纹样往往繁复密集，多呈凹凸形压花纹，其中有些卷草纹尤为精致，堪称精品。尼泊尔的金属制品是最具代表性的手工艺品，具有一定的收藏价值，是机制产品所难以替代的。

尼泊尔的手工纸闻名世界，是尼泊尔著名的手工制品之一。手工纸的材质来自于喜马拉雅的高山上。材质特殊而耐久，做工古老而独特。常用于笔记本、日历、明信片、相册、灯罩等用品上。在其表面均绘有色彩斑斓、极具装饰造型的传统图案，体现出尼泊尔的文化及艺术之美，是装饰家居、美化生活、实用美观的佳品，给人一种淳朴的自然之美。

在世界经济快速进入现代化的当今时代，尼泊尔仍然保留和固守着自己民族民间传统的手工艺制作产业。尼泊尔的手工艺制品是悠久灿烂的民间工艺和文化的结晶。尼泊尔悠久的宗教文化、服饰文化、民族歌舞文化都不同程度地反映在各种手工艺制品上。正是通过一代代人的传承和发展，才使古老的手工技艺具有旺盛的生命力，焕发出独特的光彩，并显现出无穷的魅力。

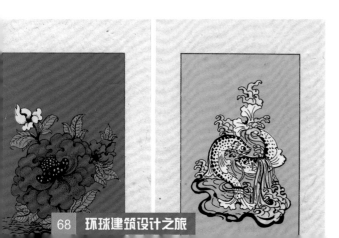

夏克梁

推荐尼泊尔文化之旅 >>>

巴德岗杜巴广场：是巴德岗最大的广场，四周全是形形色色的寺塔，令人应接不暇。这里有长达500年马拉王朝的王宫，包括许多各具艺术特色的宫殿、庭院、寺庙、雕像等，被誉为"中世纪尼泊尔艺术的精华和宝库"。其中的金门和55窗宫，以其精美的铜铸和木雕艺术而闻名，是罕见的艺术珍品。

◆ 门票价格：750卢比/人，持中国护照只要50卢比/人，可多次出入
◆ 开放时间：10:00~17:00
◆ 到达方式：在加德满都"Ratna Park"车站附近上车，到巴德岗15卢比，1小时车程

帕斯帕提那神庙：是尼泊尔的世界文化遗产之一，尼泊尔最大的印度教神庙，也是次大陆最有名的湿婆神庙。所有的殿堂都不允许非印度教徒进入，游客通常只能眼巴巴地站在门口向内张望，这里最吸引人的是能够配合你拍照的苦行僧们以及印度教的火葬仪式。这里是印度教徒举行火葬的地方。印度教相信，死后燃烧躯体，并将骨灰撒放河中，灵魂就可以脱离躯体而得到解脱。

◆ 门票价格：250卢比/人
◆ 开放时间：10:00~17:00
◆ 到达方式：离Thamel区约7公里区，打车90卢比，公共汽车只要14卢比

杜巴广场：是加德满都最有名的广场，也是观赏尼泊尔寺庙建筑的好地方。这里囊括了尼泊尔16~19世纪之间的古迹建筑，广场上总共有50座以上的寺庙和宫殿。1970年，王室迁往"纳拉扬蒂"新王宫后，老王宫辟为博物馆供游人参观，里面陈列历代国王画像和特里布文国王生前大量实物和照片。

◆ 门票价格：200卢比/人，带上护照和一张照片可到广场办公室免费办张多次出入的Visitor Pass
◆ 开放时间：10:00~17:00
◆ 到达方式：紧邻泰米尔区，沿着New Road步行10分钟即到

雪山圣地

Snow Holy Land

刘彩霖（木一）| 木一设计设计总监

——尼泊尔探密
>>>Explore Nepal

回到深圳，坐在熙熙攘攘的餐厅，听着中国流行音乐，望着一张张中国化的脸孔，有一种不真实的感觉。恍如隔世，昨晚还浪迹在加德满都拥挤狭窄的街道，耳际回荡着"你-好-吗？""中国人，你叫什么名字？""Namaste"的话语，陷在小巷酒吧，与偶遇的上海女孩、深圳男孩、迪拜人，说着生涩的英文，喝着雪山的啤酒、当地混合果汁……在尼泊尔短短的八天行程中，感触最深的是那些充满浓郁民族风情的建筑和纯朴热情的人民。

初识尼泊尔

近6小时的飞行，飞机在空荡荡的黑夜里降落，踩在尼泊尔土地上，留有雨水冲刷的湿润，红砖墙建筑、简陋的设施、黑色木雕刻的装饰，这就是加德满都（KATHAMANDU）国际机场。穿过迎面涌来拉客的出租司机，尼导给我们戴上金黄色的苦叶菊花环，轻轻地吸气，一种难忘的香味沁入心肺。当地时间比北京时间慢2小时15分钟，我感觉跨越的不仅仅是时差，更像是恍惚穿越时空隧道回到逝去的时光。当地时间晚上九点多，车窗外只有星点昏暗的灯光，漆黑安静的城市几乎静止，依稀可见的是低矮的房屋、彩色的墙面、异域的窗扇、遍布蜘蛛网的电线……尼泊尔——一个神秘、美丽而又贫穷的地方。

神佑的国度

这是喜马拉雅山脉下雪山的圣地，接近天的地方，神佑的国度。尼泊尔人倾其所有修建了成百上千的宫殿、庙宇、宝塔、殿堂、寺院。庙多神多，漫步大街小巷，三步一小庙、五步一大庙，遍布着红墙庙宇的宗教圣地，有很多宗教题材的菩萨、黑天神、毗湿奴神等雕像，形态各异，很有历史韵味；加德满都仿佛是一座寺城，空气中缭绕飘荡着缕缕桑烟，神灵无处不在，神已融入人们日常生活的细节之中，已融入民族的血液和灵魂中，洗涤着人们的心灵。在这个国度，宗教就是生活，生活就是宗教。每天清晨人们到寺庙朝圣，在寺院的钟声中平静地生活，如同生存是一种自然，死亡也是一种自然。尼泊尔人死后通常火葬，亲属将米和花洒入逝者口中，用最平和的方式陪伴逝者走完生命最后一段旅程，火化后逝者的骨灰撒入圣河巴格马提河（Bagmati），最终汇经印度恒河流入大海。他们相信这样灵魂便可以得到解脱，人生得以完整。浓厚的宗教信仰不仅影响当地风土人情，也深刻影响建筑艺术，有着浓郁宗教色彩的建筑是尼泊尔最大的特色。一千多年历史的加德满都是尼泊尔的首都，梵语意为"光明的城市"，建于723年，

公元16世纪李查维王朝的国王在市中心用一棵大树修造了一幢三重檐的塔庙式建筑，称之为"加斯达满达尔"，梵语意为"独木之寺"，后来简称"加德满都"。加德满都谷地没有高楼，没有现代化的气息，低矮的房屋错落有致，寺庙、宫殿是这个国家的象征，三座皇宫分别是：帕坦、加德满都和巴德岗，建筑整体恢宏气派。皇宫以砖木结构为主，砖红色为主色调，深栗色精美绝伦的木雕加上密集的寺庙和砖石塔构成杜巴广场独特的建筑风格，每一块砖瓦都由最好的工匠手工制成，每一片木刻都有百年的历史。这里让人难忘的是库玛丽神庙，库玛丽神是从许多女孩中挑选出来的最漂亮、最聪颖的一位。库玛丽要满足32个吉祥的特征，从眼睛的颜色、牙齿的形状到说话的声音，作为尼泊尔王国的保护神，她的星座必须与国王相吻合。女孩从她被选中那一天起，就要穿上特制的白色衣服走到库玛丽庙中，从此远离家人，远离常人生活，终日生活在寺院的孤灯之中，开始她极为荣耀却又孤独的活女神生涯，直到她第一次经期来临后才退位。

时间就此定格

喜欢在这里停留，忘却了都市的霓虹，忘却了所有，只为生活的真实。与朋友乘坐色彩鲜艳却气味熏鼻让人难以呼吸的人力三轮车在尘土飞扬的空气中穿行，交通杂乱无序，路面拥挤颠簸。人力车在狭窄的街道穿行，险象环生，"砰、砰"蹦起又落下，让我感受心脏强有力的跳动。在尼泊尔人友善热情的目光里，我们穿梭在庙宇、皇宫广场、小巷深处，深陷在中世纪古老的气息中。我们在红色砖墙下小息，享受温暖的阳光，观赏屋檐下精美的木雕、栩栩如生的孔雀窗，看阳光从雕花窗格中透入，木质回廊舞动的光影，看神庙瞌睡安详的老人、寺庙高高地台阶上嬉戏打闹玩耍的小孩子、建筑投影里呼呼大睡的土狗、皇宫广场摆摊叫卖的各种营生，在众神注目下，慵懒的阳光里，如此静谧和懒散惬意。白年十年过去了，依旧是这样保持着中世纪的建筑形式与风格，磨得发幽光的石板路，积着纤尘的红砖木雕的街道、庙宇、宝塔和皇宫广场，长着枯草的屋顶，时不时掠过的鸽子……俯瞰众生的佛博达哈佛塔大慧眼，一盯就是千年，时间在这里停止，仿佛静止了千年，恍如穿越时空隧道回到过去。千百年过后，皇宫的尊荣繁华散去，活在寻常人家，平常日子。

触动心灵的人

喜欢在这里停留，就为那些触动我心灵的人。在尼泊尔，我的镜头一直瞄准尼泊尔人，我们用好奇的目光打探着他们，他们也好奇地注视着我们。在我看来，尼泊尔人也是一道靓丽的风景线，生活在这里的人，虽然贫穷却快乐满足。常遇见三五结伴穿着白净校服的男孩女孩，他们用灿烂的笑容向我们问候。都说尼泊尔是"女人的天堂"，那是因为这里帅气的小伙子随处可见。我们去时恰逢政局动荡，常可见荷枪军人的身影，他们身姿挺拔，尤其是廓尔喀兵，可惜每每用相机瞄准都被制止。南亚男人英俊、热情且多情，长着一双会说话的大眼睛，以其直白热情的方式吸引我们的关注，每每我举起相机瞄准，他们都会立马摆好姿势吸引镜头的视线，真配合！可惜在尼泊尔很少有机会接触女性，纱丽的芳踪难觅。

远离尼泊尔已很久远，它却在召唤着我的灵魂，就如发生在昨日般鲜活。那圣洁的雪山、满天繁星的夜空、触动心灵的人儿，我一定会回去，像尼泊尔人那样坐在皇宫广场廊柱里晒太阳、发呆，静静地看着来往的人，画画素描捕捉帅哥美女，看鸽子从身边掠过……

刘彩霖

推荐尼泊尔文化之旅 >>>

帕坦杜巴广场：是尼泊尔世界文化遗产之一。广场除了古老的皇宫外，寺庙林立，是尼泊尔最令人惊叹的"纽瓦丽式建筑"的大荟萃。长方形的广场南北长，东西短，皇宫占据了广场的整个东部。广场西部则密布着各式各样的寺庙，与皇宫遥遥相望。在吗喇王Siddhinarsingh的统治下，帕坦的宫殿广场达到了鼎盛时期。

◆ 门票价格：200卢比/人，早上八点前一般没人收门票。其中的金寺门票另收，25卢比/人

◆ 开放时间：全天

◆ 到达方式：在加德满都的"Ratna Park"车站附近上车，到帕坦30分钟车程，8卢比；打车100卢比左右

达塔特拉亚神庙：坐落于巴德岗塔丘帕广场(Tachupal Tole)的达塔特拉亚神庙是一座三层重檐的帕廓达式印度教寺庙，建于公元1427年，供奉的是尼泊尔唯一一座三位一体的神"达塔特拉亚"。寺前有一对巨型石雕武士像，门前华表上有一雕刻精美的石鸟。

◆ 门票价格：达塔特拉亚神庙在巴德岗古城内，巴德岗古城门票750卢比/人，中国护照买票50卢比/人

◆ 开放时间：全天

◆ 到达方式：在加德满都的"Ratna Park"车站附近上车，车程约1小时，15卢比

加德满都凯悦饭店：是目前尼泊尔最好的酒店，它有着国际一流的酒店硬件设施，同时，因为处在尼泊尔这个宗教风情浓厚的国度，它也最完美地展现了尼泊尔的悠久传统。加德满都凯悦饭店占地37亩，位于前往博达哈大佛塔的路上，距离加德满都市中心10公里，是一座闹市中的度假宫殿，经常被游客当作景点要求参观。

◆ 酒店价格：113美元起

◆ 开放时间：全天

◆ 到达方式：提前和酒店预约，有免费穿梭巴士负责接送

推荐世界文化之旅 >>>

意大利：圣马可广场、圣马可教堂、丹尼尔酒店、埃马努埃尔二世拱廊、米兰大教堂、米兰国际家具展、
　　　　领主广场、乌菲兹美术馆、ANTINORI酒庄、威尼斯广场、古罗马斗兽场、古罗马废墟

德国：犹太人博物馆、德国历史博物馆、德国议会大厦

荷兰：立体方块屋、康索现代艺术中心、Muziekgebouw音乐剧场

丹麦：阿美琳堡王宫、圆塔、市政厅广场

瑞典：蓝色音乐厅、皇后岛、米勒斯花园

英国：布莱尼姆宫、瑞士再保险塔、蛇形画廊、大英博物馆、白金汉宫、剑桥大学

法国：凯旋门、卢浮宫、巴黎圣母院大教堂、埃菲尔铁塔

梵蒂冈：圣彼得广场、圣彼得大教堂、梵蒂冈博物馆

美国：纽约现代艺术博物馆、第五大道、中央公园、洛杉矶会议中心、诺霍艺术区、格里菲斯天文台、
　　　盖提艺术中心、古根海姆美术馆、洛克菲勒中心、丹佛国际机场、丹佛会展中心、
　　　丹佛艺术博物馆、旧金山美术馆、旧金山笛洋美术馆、旧金山现代美术馆

加拿大：温哥华艺术馆、斯坦利公园、中山公园

澳大利亚：维多利亚州立图书馆、悉尼歌剧院、昆士兰黄金海岸、悉尼大桥、黄金海岸国际酒店

新加坡：鱼尾狮像、滨海艺术中心、裕廊飞禽公园、圣淘沙名胜世界、新加坡金沙娱乐城、克拉码头、

马来西亚：石油双塔大厦、吉隆坡老火车站、最高法院

中国澳门：大运河购物中心、大三巴牌坊、新濠京酒店

俄罗斯：红场、克里姆林宫、伊萨大教堂

日本：森美术馆、表参道之丘、国立美术馆、美秀美术馆、

韩国：光化门、景福宫、仁寺洞、青瓦台、独立纪念馆、景福宫、仁川机场、东大门、明洞天主教堂

尼泊尔：巴德岗杜巴广场、帕斯帕提那神庙、杜巴广场、帕坦杜巴广场、达塔特拉亚神庙、加德满都凯悦饭店

迪拜：阿拉伯塔酒店、阿布扎比皇宫酒店、迪拜洲际酒店

西班牙：美洲之门酒店、开厦银行广场当代艺术馆、瑞内索菲亚美术馆、圣家族大教堂、密斯的德国馆、
　　　　哥伦布纪念碑

泰国：灵光寺、玛哈泰寺、金三角

印度：泰姬陵、琥珀城堡、国会大厦

特别感谢以下设计师作者：

萧爱华　萧爱彬　管盼星　张津樑　黄志达　方峻　陈志斌　冯克军　林存真　刘卫军　霍世亮　王传杰　林英二　丁方
秋天　韦林　赵西安　刘彩霖　吴晓明　姚康荣　鱼红珍　夏克梁　郑萌